Stin

Megan McDonald

Ilustraciones de

K
y la Marcha Zombi a la Medianoche

Peter H. Reynolds

ALFAGUARA
INFANTIL Y JUVENIL

J

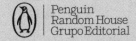

Penguin
Random House
Grupo Editorial

Título original: *Stink and the Midnight Zombie Walk*

Primera edición: agosto de 2021

© 2012, Megan McDonald, por el texto
© 2012, Peter H. Reynolds, por las ilustraciones
© 2012, Peter H. Reynolds, por la tipografía "Judy Moody"
© 2009, 2012, Peter H. Reynolds, por las ilustraciones de cubierta
Stink®. Stink es una marca registrada de Candlewick Press Inc.
Publicado mediante acuerdo con Walker Books Limited, London SE11 5HJ
© 2021, Penguin Random House Grupo Editorial USA, LLC.
8950 SW 74th Court, Suite 2010
Miami, FL 33156

Traducción: Darío Zárate Figueroa
Ilustraciones de interiores: Matt Smith

ISBN: 978-1-64473-356-1

Impreso en Estados Unidos / *Printed in USA*

21 22 23 24   10 9 8 7 6 5 4 3 2 1

¿Quién es quién?

Stink

Estrella del show.
Súper inteligente,
con súper olfato.

Judy

Hermana mayor.
La más gruñona
de los Moody.

Webster

(No es el diccionario.)
Mejor amigo.

Sophie

(Verdadero nombre: Elizabeth.)
Otra mejor amiga.

Mamá

*Mamá de Stink.
Dio a luz a Stink
en un Jeep.*

Señora Dempster

*Maestra de Stink.
Reina del 2º D.*

Papá

*Papá de Stink.
También es zurdo.*

Señora Birdwistle

*Dueña de Pelos y Colmillos.
Heroína de los cobayas.*

ÍNDICE

¡Entrañas!

¡Sesos!

¡Globos oculares!

—Toma tu tomate, estás muerto —dijo Fred Zombi.

—No estoy muerto. Estoy *no*-muerto —dijo Zombi Vudú.

Stink y Webster estaban jugando al Ataque de los Zombis Tejidos cuando el ojo de Fred Zombi cayó y rodó por el piso.

—¡Santo glóbulo ocular! —gritó Stink.

—Oye, de verdad, ¿cómo conseguiste estos zombis tan geniales? —preguntó Webster.

—Cuando yo tenía como cinco años, mi abuela Lu me hizo unos monstruos de estambre. Y yo los convertí en zombis. ¿Ves? Este todavía tiene una aguja en la cabeza.

—Clavarle una aguja en el ojo —dijo Webster—. Qué enfermo.

—Falta una semana —dijo Stink.

—Falta una semana —dijo Webster.

—¿Falta una semana para qué? —preguntó Judy Moody, la hermana mayor de Stink. A veces, era una verdadera Señorita Metomentodo.

—¡Ah, pues! ¡La Marcha Zombi a la Medianoche! —dijeron Stink y Webster a la vez. Stink le mostró el sitio web.

¡LOS ZOMBIS INVADEN
LA LIBRERÍA LA RANA AZUL
¡ESTE SÁBADO! 9:00 P.M.
Fiesta de lanzamiento del libro *Pesadilla en la calle Zombi*, Tomo 5. ¡Solo $12.99! Ordena tu ejemplar hoy. ¡Se acaban más rápido que los sesos enlatados! Después de la venta habrá una Marcha Zombi a la Medianoche, ¡cuando suenen las 10!

Webster señaló el reloj con la cuenta regresiva.

—¿Ves? ¡Solo siete días más!

—Libro cinco. *La criatura con cerebro de piojo* —dijo Stink.

—¿Qué tienen de fabuloso esos libros? —preguntó Judy.

—¡Pues *todo*! —dijo Stink.

—Son graciosos —dijo Webster.

—Y repugnantes —dijo Stink.

—Y espeluznantes —dijo Webster.

—¡Vomiticios! —dijeron Stink y Webster.

—Y tienen tiras cómicas al final de cada capítulo —dijo Stink.

—Y cuentan para el millón de minutos —dijo Webster.

—Nuestra escuela está tratando de alcanzar un millón de minutos de lectura —dijo Stink.

—¡Aló! ¡No me digas! Por si no lo sabes, voy a la misma escuela que tú —dijo Judy

—Mira, hay cuatro zombis, llamados Hudú, Vudú, Gilgamesh y Fred. Y hablan zombi —dijo Stink.

—Sí, en zombi todo empieza con Z —dijo Webster.

—Así que tú serías Zudy Zoody, mi zonza zermana —dijo Stink.

—¡Muy gracioso, Ztink! —dijo Judy.

—En el libro uno, unos zombis extraterrestres intergalácticos aterrizan en Braintree, Massachusetts, y se apoderan de la Calle de la Pesadilla —dijo Stink.

—Y en el libro dos, los zombis no consiguen suficientes sesos. ¡Así que se apoderan del recreo de quinto año!

—Luego viene *El doctor Podredumbre y los zombis de la perdición*. A Hudú lo muerde un zombi malvado y le quedan los sesos colgando y...

—Qué asco —dijo Judy—. ¡No pedí un informe de lectura!

—Ustedes, muchachitos, tienen zombis en el cerebro —dijo Judy.

Webster recogió a Hudú y Vudú.

—¡Te vamos a descerebrar! —le dijeron Hudú y Vudú a Fred.

—¡Comemos sesos! —dijo Stink.

Fred atacó a Vudú.

—Mmm, mmm, está bueno.

—Sesos para el almuerzo —dijo Webster—. Ñam, ñam ñamarrones

—Y el desayuno. Y la cena. Los brazos. Ñam. ¡Nos encantan los brazos!

—Alguien se comió el cerebro *tuyo*, Stink, si crees que vas a ir a medianoche a una marcha zombi —dijo Judy.

—¿Por qué?

—¡Aló! ¡A medianoche! Tendrías que quedarte despierto tan tarde como cuando viene Santa en Nochebuena.

—¿Y qué pasa? Puedo comer un montón de Zuzerías Zombis y ponerme hiperactivo y quedarme despierto después de medianoche.

—En realidad, la marcha empieza a las diez —dijo Webster.

—Porque las diez son *tan distintas* de la medianoche —dijo Judy—. Además, aquí dice que tienen que comprar el nuevo libro de zombis para entrar. Los libros cuestan dinero. Doce dólares y noventa y nueve centavos.

—Doce noventa y nueve más doce noventa y nueve. Eso son como... noventa y nueve dólares —dijo Stink.

—Veinticinco dólares y noventa y ocho centavos, para ser exactos —dijo Judy—. Ustedes se gastaron todo su dinero en el videojuego ese, *Zombitron 4.3*.

¿De dónde van a sacar veinticinco dólares y noventa y nueve centavos, ah, muchachitos?

Stink se cruzó de brazos.

—Tranquila. Tengo un plan.

—¿No será una idea *sesuda*? —preguntó Judy.

—Buen chiste —dijo Stink.

—Tus planes apestan, apestoso Stink —dijo Judy.

Stink soltó una carcajada.

—Mi plan *sí* que apesta.

—¿Ah, sí? —preguntó Webster.

—A muerto. Olorosísimo —dijo Stink.

Stink y Webster se revolcaron de la risa.

Judy se llevó un dedo a la sien.

—Ustedes saben que son medio chiflados, ¿verdad?

—¿Un poco chiflados? ¿Ah sí? Pues… tú tienes unos *sesitos* —dijo Stink—. Al menos nosotros no tenemos un cerebro del tamaño de un maní —levantó dos dedos para mostrar el tamaño del maní de cerebro de Judy—. *Maní, maní, manicito* tu cerebrito.

—Mejor, así *no* me lo come un zombi —dijo Judy.

El lunes, después de clases, Webster le preguntó a Stink

—Entonces, ¿cuál es tu plan?

—¿Plan? ¿Cuál plan?

—¿El plan súper oloroso que nos hará ganar sopotocientos noventa y nueve millones de dólares? ¿Para que ambos podamos comprar el libro? ¿Para que podamos ir a la Marcha Zombi a la Medianoche?

—No tengo.

—Pero dijiste...

—Solo lo dije para molestar a mi hermana.

—Pues necesitamos un plan *no de mentira* —dijo Webster.

—Pensemos —dijo Stink—. Dos cerebros piensan mejor que uno —lengüeteó su chupeta con forma de seso.

¡Tatatatá!

—¡Ya sé! —dijo Stink—. Hagamos una venta de garaje de liquidación total y vendemos todos nuestros bichos viejos, como las figuritas con las que ya no jugamos.

—¡Sí! Podemos vender los dinosaurios, los vaqueros, mis juguetes de *Toy*

Story, el camión de basura de Debbie, mi viejo Handy Andy y Buzz Lightspeed.

—Trato hecho —dijo Stink.

* * *

Webster fue corriendo a casa para acabar con su escaparate. Volvió con una gran caja. En la caja había una única canica vieja, una lagartija de juguete sin cola y un huevo de plástico.

—¿Eso es todo? —preguntó Stink—. Así *no* nos vamos a volver ricos.

—Deshacerse de las cosas cuesta más de lo que yo pensaba —dijo Webster.

—Dímelo a mí —respondió Stink, y señaló el pequeño montón de cosas sobre su cama. Un cachorrito de felpa, un sable láser roto y un sacapuntas.

—De hecho, creo que quiero quedarme con el sacapuntas —dijo Stink.

—Olvídalo —dijo Webster—. Judy tiene razón. Este plan apesta.

—Es apestosísimo —Stink afiló unos lápices con su sacapuntas. El piso quedó cubierto de virutas de lápiz. Las recogió y las olisqueó. Olían a árbol.

—Espera un momento —dijo Stink—. Tal vez *sí* tengo un plan apestoso, después de todo.

—¿Cuál es?

—Vendamos olores —dijo Stink.

—¿Colores?

—¡No, olores! Ponemos cosas olorosas en un vaso y le cobramos a la gente por olerlo.

—¿A qué gente?

Stink se encogió de hombros.

—A cualquiera.

—Pero ¿quién va a darnos dinero solo por oler cosas?

—Vas a ver. A la gente le encanta oler cosas.

—A la gente no le encanta oler a los *zorrillos*.

—Pero podemos vender *buenos* olores, como... moras y tierra y cosas así. Nada de zorrillos.

—¿Quién pagará por oler tierra?

—Riley Rottenberger. Le gusta todo lo podrido.

—Riley Rottenberger pagaría por oler hamburguesas podridas —dijo Webster.

Stink puso una mesa en el patio y alineó sus vasos de olores. Melcocha, piña de pino, canela, chicle de frutas, tierra y jabón lavaplatos.

—¿Jabón lavaplatos? —preguntó Webster.

—¿Y qué? Huele bien. A limón.

Hizo un letrero. **50 centavos la olida.** Puso un dólar en un plato elegante sobre la mesa.

—El secreto para vender cosas es poner un poco de tu dinero. La gente lo ve y pagará para también oler las cosas. Además, el plato elegante hace que

parezca un verdadero puesto de venta.
Créeme.

—¡Cincuenta centavos la olida! —gritó Webster.

—¡Dos por un dólar! —le decía Stink a cualquiera que pasara por la calle. La señora Ling, su vecina. Jack Frost, el cartero. Pero todos decían: "No, gracias".

—Cincuenta centavos la olida —le dijo Stink a un chico en bicicleta.

—Pero puedo oler cosas gratis en casa. Ahora mismo estoy oliendo gratis.

—Nop —dijo Stink.

—Síp. El aire.

—Esto no está funcionando —dijo Webster—. Démonos por vencidos.

—No podemos rendirnos y ya —dijo Stink—. Las ideas nuevas tardan en concretarse. Es muy sabido que a un ser humano le toma setenta y dos horas en aceptar y agarrarle el gusto a una idea nueva.

—¿Eso tarda?

—Claro. Todos lo saben. Así como todos saben que el olfato es el mejor de los cinco sentidos.

—¿Lo es?

Caray. De verdad que a veces su mejor amigo no daba pie con bola.

—¿Qué es todo esto? —preguntó Judy. Olió un vaso dos veces, con una mueca.

—Un dólar —dijo Stink—. Dámelo. Oliste dos veces.

—Estamos vendiendo olores —dijo Webster.

—Entonces me deben *dos* dólares por robarse mi juego de gomas de borrar de pinos de boliche.

Judy levantó el vaso lleno de migajas de goma de borrar.

—Estupendo —dijo Webster—. Ahora tenemos números negativos.

—¿Mamá sabe que estás usando su mejor plato? —preguntó Judy.

—No le pasará nada al plato de mamá. ¡Lo juro!

—Está en juego *tu* vida —dijo Judy, y volvió adentro.

Stink y Webster esperaron. Ni una sola persona pasó por la calle. Ni un solo auto. Ni una sola olisqueada. Ni una sola olida. Nada. Vacío como un cementerio antes de que salgan los zombis.

—¿Ya pasaron las setenta y dos horas? —preguntó Webster.

—Espera —dijo Stink—. ¡Convirtamos esto en un Oloratorio! —tomó un vaso y escribió *Mugre de dedos de pie de zombi*. Las migajas de goma de borrar se convirtieron en *Granos de zombi*.

—¿Los zombis tienen olor a sudor? —preguntó Webster.

—¡El peor! ¡Obvio! —dijo Stink—. ¡Están muertos!

Webster escribió *Sudor de zombi* en un vaso. Pronto, cada vaso tenía un olor de zombi y cada uno era más asqueroso que el otro.

—¡Acérquense al Oloratorio, si se atreven! —exclamó Stink.

—¡Olor a granos, a pedos y a sudor de zombi! —gritó Webster.

Al poco rato, Stink y Webster tenían un plato lleno de monedas de 25 centavos.

—Dos dólares —dijo Stink—. ¡Marcha Zombi, aquí vamos!

—De ningún modo. Eso apenas alcanza para pagarle las gomas de borrar a Judy —dijo Webster.

Justo entonces, Stink vio a Missy, la paseadora de perros del vecindario. Llevaba cuatro correas con cuatro perros.

—¡Hola, Missy! —saludó Stink—. ¡Hola, Max, Molly, Bella y Missy!

—Pensé que Missy era la persona —dijo Webster.

—Así es. Pero la otra Missy es esa chihuahua.

Los cuatro perros tiraron de sus correas y arrastraron a Missy la Persona hacia la Mesa de Olores de Stink y Webster.

Los perros ladraron, corrieron y brincaron.

—Sentado, niño —dijo Missy—. ¡Bella, Max! —tiró de sus correas.

—¿Quieres oler? —preguntó Stink—. Solo cincuenta centavos la olida.

—Y es para una buena causa —dijo
Webster.

—¿Cuál es la causa? —preguntó Missy.

—Zombis —dijo Stink.

Bella y Max se volvieron locos olfa-
teando todo. Sus correas se enredaron.

—¡Los perros huelen gratis! —dijo Webster.

—¡Bella! Sentada, niña. ¡Perro malo, Max! —dijo Missy la Persona.

Tiró de sus correas y ¡PATATRÁS! El plato elegante se cayó y se hizo trizas.

A Stink se le cayó la mandíbula. A Webster se le desorbitaron los ojos.

—Lo siento tanto, Stink —dijo Missy la Persona.

—Es que... eso era... de mi mamá —dijo Stink.

—Lo pagaré, por supuesto —dijo Missy. Buscó en su mochila—. ¿Cuánto les debo?

—Veinticinco dólares con noventa y ocho centavos —dijeron Stink y Webster a la vez.

—Más impuestos —dijo Stink con una sonrisa.

Missy extendió la mano.

—¿Aceptan cuatro dólares, una pastilla de menta y un clip morado?

El martes, en la escuela, Stink llamó a Sophie de los Elfos.

—Oye, So...

Sophie tenía manchas verdes por toda la cara y el cabello.

—¿Por qué tienes la cara verde? —preguntó Stink.

—Pintura facial —dijo Sophie—. No pude quitármela toda.

—¿Por qué te pusiste pintura facial verde?

—Zombi —susurró Sophie, y se dio la vuelta.

—¡Zombi! ¿También estás metida en los zombis?

—Diste en la clave, cadáver —dijo Sophie.

* * *

En el almuerzo, Stink y Webster se sentaron frente a Sophie. Stink sacó su sándwich de mortadela con salsa de tomate.

—Bienvenidos a la vomitería —dijo Sophie. Todos se rieron.

—¿No sería raro que, de repente, la cafetería empezara a servir sesos?

De pronto, la mortadela rosada y la salsa de tomate roja de Stink no se veían tan bien.

—Raro y tétrico —dijo Stink. En su lugar se puso a masticar una manzana seca.

Sophie abrió su lonchera. Sacó su almuerzo y un... ¡zombi!

—¡Les presento a Zombalina!

Stink y Webster contemplaron a un hada de unos diez centímetros con la cara blanca, ojeras negras y cabello alborotado. Su falda estaba hecha de curitas manchadas de sangre.

—¿Qué fue de Florecilla, Cabalgadora de Unicornios y Amiga de Todos los Elfos, que libra al mundo de hadas malignas?

¡Ahora Florecilla es Zombalina!

—¿Desde cuándo?

—Desde que leí los libros uno y dos de *Pesadilla en la calle*.

—¿Sabes de la Marcha Zombi a la Medianoche en la Librería La Rana Azul, este sábado? —preguntó Webster.

—¿Por qué crees que tengo pintura verde en la cara? Estoy cómo hacerme un disfraz de zombi.

Riley Rottenberger intervino:

—Yo iré como Reina del Baile de Graduación Zombi.

—¿Sabes siquiera qué es un zombi? —preguntó Stink.

—Es como una princesa, solo que se viste de negro en vez de rosado —dijo Riley.

—Una princesa *muerta*—dijo Sophie.

—¿Ya tenemos suficiente dinero para los libros? —le preguntó Webster a Stink.

Tenemos cuatro dólares de Missy, diez dólares de tu dinero de cumpleaños, mi cupón de cinco dólares...

—Eso no basta para dos libros —dijo Sophie.

—Más los dos dólares que tenemos en monedas de veinticinco centavos si no le pagamos a Judy, más el dólar que pusimos en el plato. Si contamos mi mesada, es más de veinticinco dólares con noventa y ocho centavos.

—¡Síííí! ¡Ya llegamos! —dijo Webster.

En ese momento, la directora entró al comedor.

—Chicos y chicas —dijo la señorita Tuxedo—. ¡Acabamos de alcanzar novecientos setenta y seis mil cuatrocientos treinta y tres minutos de lectura!

La cafetería estalló en ovaciones.

—Solo faltan veintitrés mil quinientos sesenta y siete minutos. Ahora, sé que muchos de ustedes han estado leyendo la serie de los zombis, así que declaro este viernes Día de Lectura a un Zombi.

El comedor enloqueció.

—¡Zensacional! —dijo Stink.

—Los de segundo y tercer grado les leerán en voz alta a los niños de K-1 en sus salones. Eso servirá para alcanzar nuestra meta. ¡No lo olviden!

Riley Rottenberger levantó la mano.

—¿Qué hay de E. C. A.?

E. C. A. era la Enorme Caja Anaranjada que estaba afuera de la oficina principal. Nadie sabía qué contenía. Era una sorpresa.

—Te diré algo —dijo la directora—. ¡Si llegamos al millón de minutos, prometo que llevaremos la Enorme Caja Anaranjada a la librería el sábado y, por fin, de una vez por todas, la abriremos!

—E. C. A., E. C. A., E. C. A. —entonaron los chicos.

Cuando el comedor quedó en silencio, Stink les preguntó a sus amigos:

—¿Qué creen que haya ahí dentro?

—Tal vez un gran oso de peluche —dijo Sophie.

—¡Un gran oso de peluche *zombi*! —dijo Webster.

—O trescientos noventa y siete osos de peluche, uno para cada alumno de la escuela —intervino Riley.

—O tal vez E. C. A. significa *Enorme Cerebro Anaranjado*, y ahí dentro hay sesos de zombi o algo así —dijo Webster.

—O algo así —dijo Stink.

— No, ya sé lo que hay. Dulces —dijo Webster—. Adentro seguro hay mil toneladas de dulce.

—Marcadores de libros —dijo Sophie—. Y lápices.

—¿La Enorme Caja Anaranjada llena de marcadores? —dijo Stink—. Eso apesta.

—Supongo que tendremos que esperar al sábado para averiguarlo —dijo Sophie—. Hasta entonces puedo sacar el libro tres de la librería, el cuatro pueden prestármelo ustedes, y el cinco puedo comprarlo el sábado, porque casi es mi cumpleaños.

—¡Zenial! —dijo Stink.

—Eso valdrá como un zillón de puntos de lectura —dijo Webster.

—Mi casa. Después de clases —dijo Stink—. Podemos ayudarnos con nuestros disfraces. Mi hermana tiene cajas de partes corporales y cosas así.

—¿Ella es una zombi? —preguntó Sophie.

—Solo *casi* todo el tiempo —dijo Stink.

—Zallá nos vemos —dijo Webster.

8 FORMAS DE SABER SI TU HERMANA ES UNA ZOMBI

GRUÑIDO

1. ESTÁ PÁLIDA COMO UN FANTASMA

2. VE GELATINA Y DICE: "QUIERO SESOS"

3. JADEA. GRUÑE.

4. ALIENTO DE ZORRILLO MUERTO. FO.

5. NO PARPADEA. GANA EL CONCURSO DE LA MIRADA GACHA.

6. CAMINA COMO UN ROBOT.

7. INGIERE SALSA DE TOMATE, DICE "¡MMM, SANGRE!"

8. PASA LA NOCHE DESPIERTA.

Vinieron Sophie y Webster. Stink estaba sentado en el piso, con Sapito en el regazo. Le dio dos gusanos de harina deshidratados.

—Traje pintura facial —dijo Sophie—. Para que practiquemos el maquillaje zombi.

—Yo traje ojos inyectados de sangre —dijo Webster—. En realidad son para rayos de bicicleta, pero se pueden pegar a otras cosas.

—Y yo tengo tofu, gomas de borrar y boligoma, plastilina rebotante —dijo Stink—. Cosas que parecen sesos.

Y gusanos de gomita fosforescentes para cubrirnos de larvas.

Sophie tuvo un escalofrío.

Webster decidió disfrazarse de futbolista zombi. Sophie, de niña exploradora zombi. Stink no se decidía.

—Tiene que ser un disfraz espeluznante. Y escalofriante —abrió su lonchera. Le dio una mordida a un resto de sándwich de mortadela con salsa de tomate. Sapito croó.

Sin querer, Stink tumbó con el codo el muñeco que estaba sentado en la silla de su escritorio. El muñeco tenía ojos muy grandes relumbrantes, labios rojos escalofriantes y cejas espeluznantes. Y vestía de esmoquin.

Sophie recogió el muñeco.

—Podrías disfrazarte como este muñeco. Da miedo.

—Es un títere de ventrílocuo.

—¿De qué? —preguntó Webster.

—De ven-trí-lo-cuo. Ya sabes, un tipo con un muñeco que proyecta la voz de él. De modo

que puedo hacer que Charlie hable sin mover mis labios.

—¡Veamos! —dijo Webster.

Stink sentó a Charlie sobre su rodilla.

—Tal vez sea un títere —dijo Charlie—, pero no soy bobo —su cabeza se movía hacia atrás y hacia adelante. Su boca se abría y se cerraba—. Y no me dan miedo los zombis.

Sophie soltó una carcajada.

—Vi que tus labios se movían —dijo Webster, señalando a Stink.

—¡Oigan, se me ocurrió algo zensacional! ¡Zombifiquemos a Charlie! —dijo Stink. Dejó caer su sándwich de mortadela. Y ¡plop! la mortadela se salió. Sapito saltó de su regazo.

Stink sacó unas tijeras y cortó en jirones el esmoquin de Charlie. Sophie le pintó la cara de verde, con ojeras negras y chorros de sangre roja. Webster le pegó una masa de chicle masticado en la cabeza, a manera de sesos.

Stink levantó a Charlie.

—Yo. Zombi.

—Da bastante miedo —dijo Sophie.

—Sapito también está asustado. ¡Mírenlo!

Sapito saltó por la alfombra y fue directo hacia la mortadela.

—¡Espeluznante! —dijo Webster, estremeciéndose—. Charlie es como el muñeco de aquella vieja película de terror. Esa en que el muñeco se esconde en el escaparate del niño.

—Cielos. Creo que tengo automatonofobia —dijo Stink.

—¿Qué es eso? —preguntaron Sophie y Webster.

—Miedo a los títeres. No es mentira.

De pronto, Stink oyó un ruido escalofriante. El calentador siseó. Un reloj hizo tic-tac. Las tuberías rechinaron. La electricidad zumbó. ¡Pop! Stink vio un destello, y la luz de su lámpara de escritorio se quemó. El cuarto quedó a oscuras.

—¡Aagh! —Stink arrojó a Charlie y encendió la luz del techo.

—¡Miren! ¡Charlie! ¡Zombi! —dijo Webster con voz temblorosa, acurrucándose en el rincón. Sophie ahogó un grito.

Charlie estaba sentado en la cama de auto de carreras de Stink, con la cabeza echada hacia atrás, y un ojo negro y ensangrentado abierto.

Webster se inclinó hacia adelante.

—¿Oyeron si dijo algo?

—¿Qué si dijo algo quién? —preguntó Stink.

—Charlie.

—¿Te refieres a si yo dije algo para que Charlie dijera algo?

—¿Qué? Sí. Digo, no. No sé. Le oí decir *mortadela*.

—Yo no lo hice decir *mortadela*.

—¿Quién dijo *mortadela*? —preguntó Sophie.

—¿Qué le hiciste decir? —le preguntó Webster a Stink.

—No le hice decir nada —dijo Stink.

—Ja, ja. Muy gracioso, Stink —dijo Webster.

—En serio —dijo Stink—. Pensé que alguno de ustedes dijo *mortadela*.

—Yo no dije *mortadela* —dijo Sophie.

—Yo no dije *mortadela* —dijo Webster.

—Judy —dijo Stink. Asomó al pasillo. No había rastro de su hermana.

—Bueno, si *yo* no dije *mortadela* y ustedes tampoco... Entonces... —Stink sintió que un escalofrío de zombi le recorría la espalda—. ¡Aaahhh! —gritó, y señaló algo rosado que saltaba por el piso.

—¿Vieron lo que yo vi? —preguntó Stink.

—¡La mortadela! ¡Se... movió! —dijo Sophie.

—¡Está no muerta! —dijo Webster.

—¡La maldición de la mortadela zombi! —gritó Stink, agitando los brazos. Los tres salieron corriendo del cuarto y cerraron la puerta de golpe.

—Fiu. Eso estuvo cerca —dijo Webster—. Nunca volvamos ahí dentro.

—Pero dejamos a Sapito ahí... ¡con Charlie y su mirada malvada! —dijo Sophie.

—Tengo que salvarlo —dijo Stink—. Voy a entrar.

Abrió la puerta de sopetón. Miró a su alrededor. Ni rastro de Sapito.

—¡El zombi se lo comió! —dijo Webster—. ¡Sopa de sapo!

—*Sesos* de sapo —dijo Sophie.

Stink miró la mortadela no muerta. Ya no se movía. Estaba quieta como una piedra. Pero tenía un gran bulto debajo.

Stink se acercó a gatas a la mortadela. Extendió una mano. Rápido como un parpadeo, levantó la mortadela.

—¡Sapito!

—¡La mortadela zombi atacó a Sapito! —exclamó Webster.

—Ya está —dijo Stink, y devolvió a Sapito a su pecera—. Ahora este cuarto es una zona libre de zombis —tomó al tuerto Charlie y huyó de su cuarto.

Corrió por el pasillo hasta el cuarto de Judy. Abrió precipitadamente el escaparate y escondió a Charlie en el mero fondo del cesto de la ropa sucia, bajo montones de ropa para lavar.

¡Fiu! A salvo de títeres que hablan y de la mortadela que camina con una maldición encima.

Por ahora.

ZOMBIFÍCATE TÚ MISMO

¿QUIERES PARECER NO MUERTO? HAZLO ASÍ:

- ÚNTATE PINTURA FACIAL BLANCA O VERDE.

- USA LÁPIZ LABIAL MORADO O NEGRO.

- USA LÁPIZ LABIAL ROJO PARA DIBUJAR SANGRE QUE CHORREA DE TU BOCA.

- DIBUJA CÍRCULOS NEGROS ALREDEDOR DE TUS OJOS.

- RASGA CON UNAS TIJERAS UNA CAMISETA VIEJA Y VUÉLVELA UN HARAPO.

- POQUITA SALSA DE TOMATE HACE MUCHAS MANCHAS DE SANGRE.

- CARGA SIEMPRE ALGÚN MIEMBRO DEL CUERPO COMO UNA CABEZA DE MUÑECA O UN BRAZO O UNA PIERNA.

El miércoles y el jueves, la Escuela Virginia Dare leyó libros. Libros graciosos. Libros de misterio. Libros de aventuras.

Los chicos leían en el almuerzo. Leían en el recreo. Leían en las horas de estudio después de clases. Aun leían entre los partidos de futbol y las lecciones de piano.

Stink le leyó a Sapito. Stink le leyó a Astro. ¡Stink leyó durante ciento ochenta y siete minutos en solo dos días!

Por fin llegó el viernes: ¡Día de Lectura a un Zombi! Stink bajó corriendo. Tostó un rebanada de pan.

—¿Dónde está mi almuerzo? —le preguntó a mamá, buscando su lonchera—. Quiero cualquier cosa menos mortadela, por favor.

—Pensé que tú y Judy podían comer comida caliente en la escuela hoy —dijo mamá—. Les dejé dinero en la mesa.

—Ay, mamá. Ya sabes que odio el almuerzo escolar. La señora de la cafetería siempre me da montañas de espinaca y montones de zanahorias viejas y arrugadas.

—No te hará daño comer el almuerzo escolar solo esta vez. ¿Quién sabe? Tal vez hoy sea tu día de suerte y sirvan algo realmente interesante.

—¿Cómo mini panqueques sin zanahorias y sin pasas?

—¿Recuerdas que hablamos de comer más fruta, Stink?

—Autobús.

¡Adiós!—dijo Stink. Tomó el dinero, le dio un beso a su mamá y salió corriendo por la puerta.

✳ ✳ ✳

Stink leyó *El doctor Podredumbre y los zombis de la perdición* durante todo el camino hasta la parada del autobús. Lo leyó en el autobús. Lo leyó en el pasillo mientras caminaba hacia el salón 2D.

—¡Oye, Ztink! —lo llamó alguien.

—¡Hablar malo, leer bueno!

Los anuncios de la mañana.

—Atención, chicos de zegundo y de zerzero —dijo la directora—. ¿Están listos para leerle a un zombi? ¡Solo faltan seis mil cuatrocientos noventa y tres minutos! Por favor vayan a los salones K1. ¡A leer!

—Hasta ahora he leído doscientos cuarenta y siete minutos esta semana —le dijo Sophie a Stink.

—¡Excelente! —dijo Stink—. ¡Ahora solo faltan seis mil cuatrocientos noventa y nueve menos doscientos cuarenta y siete minutos!

Cuando el grupo del 2D llegó al salón de preescolar, veintidós pequeños zombis estaban sentados con las piernas cruzadas sobre cuadros de alfombra.

Stink se sentó junto a un niño llamado Zack, disfrazado de tren.

—Soy Thomas, el Tren Zombi —dijo el niño.

—Me gusta tu disfraz —dijo Stink—. Nunca antes había visto un tren zombi.

Zack asintió. Stink empezó a leer. Leyó *La muy hambrienta oruga zombi*. Era igualito a *La oruga hambrienta*, solo que usaba mucho la palabra *zombi*. Y, al final, en vez de una hoja verde, la oruga se comía unos sesos.

Riley Rottenberger fue a la biblioteca por más libros. Al volver, le susurró algo a Heather Strong. Heather se lo susurró a Webster. Webster se lo susurró a Sophie. Y Sophie se lo susurró a Stink.

—¿Un zombi se comió a la señora de la cafetería? —dijo Stink en voz alta.

El salón quedó en silencio total.

—¡Chhut! —dijo Sophie—. Vas a asustar a los niños.

—Un chico de cuarto se lo dijo a Riley. Los de cuarto no mienten.

El salón 2D estaba agitado por el rumor:

—Los zombis se apoderaron de la cafetería.

—¡Isla Zombi!

—La comida toda es repugnante y está podrida.

—Genial —dijo Stink—. Justo el día que mi mamá me hace comer en la cafetería.

—La mía también —dijo Webster.

—Con la mía van tres —dijo Sophie—. Le dio mucha importancia.

—También la mía —dijo Stink—. Ahora tendremos que comer *sesos*.

La señora D. levantó dos dedos.

—Chicos y chicas, estoy orgullosa de la lectura de hoy. ¡Gracias a su ayuda, acabamos de añadir más de cuatro mil minutos a nuestro reto de lectura!

—¡HURRA!

—Hora del almuerzo, chicos de segundo —dijo la señora D.

Nadie se movió. Nadie se levantó para ir a formarse.

Por fin, una valiente se puso de pie: Riley Rottenberger.

—¡Oigan! ¿*De verdad* creen que hay un *zombi* en la *cafetería*? ¿Aquí en la Escuela Virginia Dare?

—No —dijo Stink en voz alta, pero dentro de su *no* había un diminuto *sí*.

Stink y el resto de los de segundo recorrieron el pasillo. Stink no pudo evitar imaginarse a un zombi alienígena gigante comiéndose un mordisco de la señora Swanson, la encargada de la cafetería.

Cuando llegaron a la cafetería, todo *parecía* normal, excepto por el letrero que decía **VOMITERÍA** en grandes letras de color verde vómito.

Entonces, Stink entró.

¡Recórcholis! Las ventanas eran de color verde pantano. Las mesas, verde vómito. Y una asquerosa baba verde colgaba del techo.

—¡Babearon la cafetería! —dijo Stink.

—Y huele a pantano —dijo Webster.

La Vomitería vibraba con la excitación. Todos hablaban a la vez.

Stink tomó una bandeja. Se formó en la fila. Leyó el tablero que decía:

MENÚ DE HOY:

- SESOS REVUELTOS CON ENTRAÑAS
- ARROZ FRITO DE ZOMBI
- ESTOFADO DE BILIS
- DEDOS SUCIOS DE PIE SOBRE SU PASTEL
- SOPA DE GLÓBULOS OCULARES
- ESPAGUETIS DE MÉDULA CON SALSA DE SANGRE GOTEANTE

Guácala. Parece que hay puras entrañas —dijo Webster.

—Esa s-s-sopa está m-m-mirándome —dijo Sophie.

—Creo que voy a tener náuseas —dijo Stink.

—Bienvenidos a la vomitería —dijo una voz. Una voz de *zombi*.

—¡Aah!

Stink, Sophie y Webster saltaron. Con los ojos muy abiertos miraron a la Señora Zombi de la Cafetería, que estaba detrás de la barra. Su cara parecía tener tres años de muerta.

Vestía un delantal que decía ¿TIENES SESOS? y estaba cubierto de huellas de manos ensangrentadas. Además, tenía pegadas a él orejas humanas, una nariz y una mano. ¡Sin mencionar que

ella tenía una cuchilla de carnicero clavada en la cabeza!

—¿Alguien quiere sesos revueltos con entrañas? —preguntó la Señora Zombi de la Cafetería. Tenía en la mano una cuchara coladora, que goteaba... ¿sangre?

—¡Vomiticio! —Stink apartó su bandeja—. ¿Hay algo que no huela a flor de cadáver?

—Disculpe, um, señora Zombi —dijo Sophie—. ¿Tendrá un poquito de leche?

—Lo siento. Nada de leche. Pero sí tenemos jugo de glóbulos oculares. Recién exprimido.

Esa voz.

—¿Ma-má? —preguntó Stink.

—¿Señora Moody? —dijeron Webster y Sophie.

Mamá esbozó una gran sonrisa.

—Hola, chicos. ¿Qué les parece? —hizo una pirueta para mostrarles su disfraz de zombi.

—¿*Tú* eres la zombi que se comió a la señora de la cafetería? —preguntó Stink.

—¿La verdad? No me comí a nadie. Pero sí les dije a unos chicos de cuarto que una zombi se había comido a la verdadera señora de la cafetería y se había apoderado del lugar. Toda la comida de hoy está en la pirámide alimenticia zombi.

—Usted es la mamá más genial habida y por haber —dijo Sophie.

—¿Por eso me mandaste a comer en la cafetería hoy? —preguntó Stink.

Mamá no pudo evitar sonreír.

—Me tocaba a mí servir la comida de la cafetería, así que un par de otros padres y yo pensamos que sería divertido disfrazarnos para el Día de Lectura a un Zombi. Las mamás y los papás harían cualquier cosa para fomentar la lectura. ¿Cómo les fue esta mañana, por cierto?

—¡Leímos más de cuatro mil minutos! —dijo Stink.

—¡Gran trabajo! —dijo mamá. Han trabajado duro de verdad.

—Gracias —dijo Sophie.

—¿Son tripas reales? —preguntó Webster.

—Prueba y verás —dijo mamá—. ¿Qué van a querer? ¿Espagueti? ¿Digo, sesos? ¿O dedos sucios? Le susurró a Sophie: —Es carne molida.

—Sesos revueltos —dijo Webster.

—Dedos sucios —dijo Sophie.

—Sopa de glóbulos oculares, por favor —dijo Stink.

REFRIGERIOS ZOMBIS PARA DESPUÉS DE CLASES

¡LOS ZOMBIS TAMBIÉN NECESITAN ALIMENTARSE LOS SESOS!

LA MANO CERCENADA

VIERTE GELATINA EN UN GUANTE DE GOMA.
(¡ROCÍALO CON ACEITE DE COCINA PRIMERO!)
ATA EL EXTREMO Y CONGÉLALO.
CORTA EL GUANTE PARA VERTER LA
GELATINA Y BÓTALO.
SIRVE LA GELATINA FLOTANDO EN
LIMONADA O PONCHE.

¡BENDITOS OJOS!

CORTA UNOS HUEVOS DUROS EN DOS.
SÁCALES LA YEMA Y RELLÉNALOS CON QUESO
CREMA Y UNA ACEITUNA.
NO OLVIDES INYECTAR DE SANGRE LOS OJOS
(GARABATEA EN EL QUESO CREMA UNAS LÍNEAS
CON GOTAS DE COLORANTE DE COMIDA ROJO).

GRANIZADO DE MARÍA SANGRIENTA

HAZ UN GRANIZADO LICUANDO JUGO
DE ARÁNDANOS CON CUALQUIER FRUTA
ROJA COMO FRESAS, FRAMBUESAS
O PATILLA.

MÁS MALAS IDEAS
UVAS SIN PIEL COMO GLÓBULOS OCULARES.
GUSANOS DE GOMITA = GUSANOS DE CADÁVER.
LAS SALCHICHAS DE CÓCTEL SIRVEN DE DEDOS
¡CEREZAS O ARÁNDANOS DESHIDRATADOS COMO COSTRAS
DE LLAGAS!

El viernes por la noche, la víspera de la Marcha Zombi a la Medianoche, Stink y Webster hicieron una pijamada. ¡Una pijamada zombi!

Se pusieron sus pijamas de zombi (a rayas, con manchas de salsa de tomate). Jugaron al Ataque de los Zombis con Fred y Vudú. Vieron *La noche del edredón viviente* y comieron dedos con sangre (mini salchichas mojadas en salsa de tomate). Contaron chistes de zombis.

—¿Por qué el zombi cruzó la calle? —preguntó Webster.

—Para comerse a la gente del otro lado.

—¿Por qué el zombi sacó diez en su examen? —preguntó Stink.

—¡Porque el examen no era sesudo!

Stink y Webster se metieron en sus bolsas de dormir y releyeron los libros de *Pesadilla en la Calle Zombi* a la luz de una linterna.

Judy asomó la cabeza por la puerta del cuarto.

—Oye, cerebro de tofu —le dijo a Stink—. Mamá y papá quieren que apagues la luz. Hora de dormir.

—Pero no estamos cansados —dijo Stink—. Cuéntanos un cuento.

—Un cuento de zombis —dijo Webster.

—Un cuento espeluznante de zombis —dijo Stink.

—Pero no demasiado espeluznante —dijo Webster.

—Pesadilla en la calle del Graznido —dijo Stink.

—*Un* cuento, si prometen dormir después haciendo zzzzzz.

—Z de zombis —dijo Stink.

Judy puso una voz escalofriante.

—Una noche, dos chicos hicieron una pijamada. Una pijamada zombi.

—¿Vivían en la calle del Graznido? —preguntó Stink.

—¿Pueden llamarse Webman y Stinkray? —preguntó Webster.

—¡Shh! —dijo Judy—. Una noche, Webman y Stinkray hicieron una pijamada.

—Bien bueno —dijo Stink.

—Si siguen interrumpiéndome, el cuento no funcionará.

Webster cerró la boca. Stink se pegó los labios.

Judy continuó.

—De repente, se escuchó que alguien rasguñaba, *escrich escrach escrich*, la ventana.

—¿Era un zombi? —preguntó Webster.

—Sí. Era una zombi. Tenía el cabello laaargo y negro, y la cara muy, muy pálida y labios muy, muy rojos, y laaargas uñas verdes. Su voz sonaba como huesos traqueteando. "¿Saben qué hago con mis labios rojos y mis laaargas uñas verdes?", dijo.

Judy encendió y apagó la linterna.

—"¡NO!", dijeron Webman y Stinkray, y cerraron la ventana de golpe.

Stink y Webster se incorporaron en sus bolsas de dormir. Se acercaron más a Judy.

—La siguiente noche —continuó Judy—, la zombi volvió y dijo: "¿Saben qué hago con mis labios rojos y mis laaargas uñas verdes?". De nuevo, Webman y Stinkray dijeron "¡NO!" y cerraron la ventana de golpe.

La tercera noche, la zombi volvió a preguntar lo mismo: "¿Saben qué hago con mis labios rojos y mis laaargas uñas verdes?". Pero antes de que Webman y Stinkray pudieran responder, dijo: "Les MOSTRARÉ lo que hago con mis labios rojos y mis laaargas uñas verdes". Webman y Stinkray cerraron los ojos y contuvieron el aliento. Por fin, la zombi se llevó el dedo a los labios e hizo: "Blubblubblubblubblubblubblub".

—Eso fue gracioso —dijo Stink.

—Y escalofriante —dijo Webster.

Judy apagó la linterna.

—Buenas noches, chicos. Dulces sueños —y se lanzó por las escaleras.

El viento silbaba. La luna dibujaba escalofriantes sombras en la pared.

—¿Oíste que alguien rasguñaba la ventana? —preguntó Webster.

—Tal vez solo sea una rama —dijo Stink.

—¿Estás asustado? —preguntó Webster. Abrazó a Hudú y Vudú.

—Un poco —dijo Stink. Abrazó a Gilgamesh y Fred.

—No puedo dormir —dijo Webster.

—Tengo una idea. ¡Asustemos a Judy como ella nos asustó a nosotros!

—¿Cómo? —preguntó Webster.

—No hay ni que pensarlo —dijo Stink—. ¡Charlie Zombi! Está en el escaparate de ella, ¿recuerdas? Nos colamos en su cuarto, y sacamos a Charlie, y luego nos escondemos. Cuando ella suba a la cama, hacemos que Charlie Zombi hable y la espante.

—Me gusta —dijo Webster.

Stink y Webster avanzaron de puntitas por el pasillo y entraron al cuarto de Judy. Stink pescó a Charlie Zombi en el fondo de la cesta de ropa sucia de Judy que estaba en el escaparate. Charlie daba más miedo que nunca.

Webster se escondió detrás del puf de Judy. Stink y Charlie se escondieron bajo la cama inferior de la litera.

—Buenas noches, mamá —oyeron que Judy decía afuera, en el pasillo. Entró a su cuarto y subió a la cama de abajo. Se cubrió con las mantas y se dio vuelta hacia la pared.

Esperaron cinco largos minutos. Despacio, Stink levantó el títere desde debajo de la cama. Despacio, despacio, Charlie se elevó a la luz azul de la luna.

Su rostro brillaba verde en la oscuridad, como un fantasma. Miró a Judy con un ojo abierto y esperó.

Judy se movió. Se dio la vuelta en la cama.

¡Clac-clac-clac!, hizo la boca del títere. Judy abrió un ojo.

—Ham-bre —graznó Charlie Zombi—. Quiero hamburguesa. ¡Ham-burgue-sa de Ju-dy!

—¡Aagh! —gritó Judy, y se cubrió la cabeza con las mantas—. ¡AAGH!

—¡Te asustamos! —Stink y Webster salieron de sus escondites, riéndose tanto que se les caía el pantalón.

—¡Ustedes! —dijo Judy, asomando la cabeza entre las cobijas—. ¡Casi me da un infarto zombi!

—Corazón. Ñam —dijo Charlie.

Webster soltó una carcajada.

—Te atrapamos bien sabroso —dijo Stink.

—Ustedes también se asustarían si un asquerozoide títere zombi los despertara en mitad de la noche —dijo Judy—. Saquen esa cosa de aquí.

Stink y Webster se fueron hacia el cuarto de Stink.

—¡Escrich-escrach! —exclamó Judy a sus espaldas—. Si fuera ustedes, no dormiría cerca de la ventana.

Stink puso otra vez a Charlie Zombi en su silla de escritorio. Él y Webster se volvieron a meter en sus bolsas de dormir, y cerraron los ojos.

—¿Webster? ¿Estás pensando lo mismo que yo? —preguntó Stink.

—Está mirándonos —dijo Webster—. Con un solo ojo maligno.

—Lo sé. El otro ojo no se le queda abierto. Se me paran los pelos.

—Se me pone la piel de gallina, llena de botoncitos —dijo Webster.

— Llena de chichoncitos —dijo Stink.

—De granos zombi —dijo Webster.

—¡Vamos a tener pesadillas de zombis! —dijo Stink. Se levantó y encendió su lámpara de noche.

—Ponle una almohada encima o haz algo —dijo Webster.

—Lo voy a sacar de aquí —Stink se llevó a Charlie lejos escaleras abajo, donde lo guardó lo más al fondo que pudo del escaparate del pasillo, detrás de todos los abrigos.

Por fin, Stink y Webster cayeron dormidos. Ni una criatura se movía, ni siquiera un zombi.

* * *

A la mañana siguiente, ambos despertaron y ambos bostezaron.

Stink gritó:

—¡AAAGH!

Webster gritó:

—¡Zombi!

Charlie, el Zombi Tuerto, estaba recostado contra las almohadas en la cama de Stink, mirándolos y sonriendo con su sonrisa macabra. Stink y Webster se acurrucaron uno contra otro.

—¡Volvió! —dijo Webster—. ¿Cuándo lo…?

—Yo no fui —dijo Stink—. ¿Fuiste tú?

—Yo no.

—Pero… ¿Cómo pasó? ¡Lo escondí en el mero fondo del escaparate que está debajo de las escaleras!

—¡AAGH! —Stink y Webster salieron gritando del cuarto.

Stink y Webster corrieron gritando escaleras abajo.

Papá se asomó desde la cocina.

—¿Cuál es el alboroto?

—Nada —dijo Stink—. Solo que nos olió a panqueques.

—Panqueques. Buenos —dijo Webster.

—Yo querer —dijo Stink.

Papá volvió a la cocina.

—¿Sabías que los zombis tienen un olfato híper-desarrollado? —le dijo Stink a Webster.

—Entonces mejor nos apuramos, para que Charlie Zombi no llegue primero.

LÉELE A UN ZOMBI
(¡SI TE ATREVES!)
EL SESUDO
DIARIO DE UN ZOMBI BLANDENGUE
ARTEMIS LA FÉTIDA
CHARLIE Y LA FÁBRICA DE ZOMBIS
SESO ENCICLOPÉDICO, DETECTIVE ZOMBI
LAS AVENTURAS DEL ZOMBI QUE CREE QUE ASUSTA
CÓMO ENTRENAR A TU ZOMBI
SÉ UN ZOMBI PERFECTO EN SOLO TRES DÍAS
CÓMO COMER SESOS EMPANIZADOS
PÚTRIDO JACKSON Y LOS ZOMBIS
LA SEÑORA DE LA CAFETERÍA Y EL ZOMBI SUSTITUTO

-¡Cuenta regresiva! ¡Una, dos, tres, cuatro, cinco horas más para la Marcha Zombi a la Medianoche!

Stink leyó diecisiete minutos de la *Z* en la enciclopedia. Leyó trece minutos de libros de zombis. Leyó once minutos de historietas. ¡Cuarenta y un minutos de lectura!

Jugó con Astro por doce minutos. Practicó karate treinta y tres minutos. Molestó a Judy veintiséis minutos mientras ella trabajaba en su disfraz de Doctora Zombi.

¡Por fin llegó la hora!

Stink se puso su disfraz de ventrílocuo zombi. Se pintó la cara de verde. Con lápiz labial, dibujó sangre roja que le salía de la boca y las orejas. Se puso su sombrero de copa.

—Vamos, Charlie. Es hora de irnos.

Cuando los Moody llegaron a la Librería La Rana Azul, la acera estaba repleta de princesas y vaqueros zombis, piratas y superhéroes zombis. Stink vio a su maestra, la señora D., y a muchos chicos de la Escuela Virginia Dare.

—¿Esa es la fila? —preguntó Judy—. ¡Llega hasta la heladería de Mimi la Gritona!

—¡Zombis! ¡Zombis por doquier! —dijo Stink. Saludó a la señora D.

—Es fabuloso que tantos maestros de tu escuela estén aquí —dijo mamá.

Un adolescente le mostró los colmillos a Stink.

—¡Quiero morderte el cuello! ¡Muajajaja!

—Zona libre de vampiros —dijo Stink, trazando un círculo invisible a su alrededor—. Solo zombis.

Stink encontró a Sophie y a Webster.

—¡Zuau! —dijo, señalando el zapato de futbol clavado en la cabeza de Webster—. ¡Insensato en la membrana aracnoide del seso!

—¡Deceso en el seso! —dijo Webster. Rieron a carcajadas.

Ahora Sophie de los Elfos era Zophia de las Niñas Exploradoras. Hasta Zombalina estaba vestida con un diminuto uniforme verde.

—Miren mis insignias —dijo Sophie, señalando su cordón—. "Primeros auxilios zombis". "Venta de galletas zombi". Y "Amistad zombi". Ya saben, porque los zombis viajan en manadas.

—¿Por qué tapaste la insignia de fogatas con cinta adhesiva? —preguntó Webster.

—¡Ah pues! ¡Porque los zombis odian el fuego!

—Zenial —dijo Stink—. ¿A qué hora zabren las puertas?

—Prezizamente a laz nueve en punto —dijo papá, revisando su reloj.

—¿Qué hora es ahora?

—Ocho cincuenta —dijo papá—. Faltan diez minutos.

—Ziez minutos más —dijo Stink—. Eso es como una hora en años de niño —apretó la nariz contra la vidriera de la librería—. Solo piénsenlo: en diez minutos tendré *Pesadilla en la calle Zombi,* tomo número cinco, en mis mismísimas manos. En diez minutos estaré leyendo el nuevecito de verdad, recién publicado, oficialísimo *La criatura con cerebro de piojo.*

—Tú tienes piojos en el cerebro —dijo Judy.

—¿Y ahora qué hora es? —le preguntó Stink a papá.

—Ocho cincuenta y tres —dijo papá.

—Y veintidós segundos —dijo mamá.

Stink agitó las manos frente a la puerta de la librería.

—¡Ábrete, zombi! —ordenó.

Las llaves tintinearon en la puerta principal. ¡La puerta hizo *clic*!

—Guau, debo tener superpoderes mágicos zombis —dijo Stink.

—¡Bienvenidos a la Marcha Zombi a la Medianoche! —dijo la encargada de la librería.

—Cerebro de piojo, aquí voy —dijo Stink. Él y una multitud de niños más cruzaron la puerta—. ¿Es la hora de la estampida zombi o algo así?

—O algo así. —dijo Judy. Levantó la mano para acomodar su peluca de Noviazilla.

Mientras esperaban, Stink y Judy vieron la E. C. A. al fondo de la librería. Tenía un enorme lazo verde alrededor.

Cuando llegó su turno, Stink sentó a Charlie Zombi en el mostrador y lo hizo hablar:

—¡Zombi! ¡Quiere! ¡Libro! —le dijo Charlie a la encargada de la librería.

—Quiere el tomo número cinco, por favor —tradujo Judy.

La encargada de la librería le entregó a Stink un libro nuevecito recién salido del horno. Stink le dio su dinero.

—¡Guau! ¡*La criatura con cerebro de piojo!* —dijo Stink con tono cantarín.

No pudo evitar hacer un bailecito de "lo logré". Luego olió el libro.

—Stink. Estás oliendo un libro —dijo Judy.

—¿Y qué? El olor a libro nuevo es divino.

—No olvides tu atrapapiojos zombi *gratuito* —dijo la encargada—. Los

zombis lo usan para atrapar piojos humanos antes de comerse los sesos.

—Graziaz —dijo Stink.

Pesadilla en la calle Zombi, tomo cinco, *La criatura con cerebro de piojo.* Página uno. *Una extraña oscuridad cayó sobre la calle Zombi...*

Durante diez minutos, un extraño silencio reinó en la librería. Zombis altos y bajos, fueran porristas zombis o zombis vaqueros, tenían las narices hundidas en sus libros. Zombis grandes les leían a zombis pequeños. Papás y mamás zombis les leían en voz baja a niños zombis.

Stink no podía dejar de leer el tomo número cinco. *Fred palideció. Hudú y Vudú se abrazaron. "Esta es la última advertencia", dijo Gilgamesh. "¡Cuídense de la criatura con cerebro de piojo!"*.

¡Ding ding ding!

—¡Atención, todos! ¡Su atención por favor! —dijo la encargada de la librería—. Tengo un anuncio importante. ¡Acaban de informarme que una de nuestras escuelas locales, la Primaria Virginia Dare, acaba de alcanzar el millón de minutos de lectura!

La multitud enloqueció. Los zombis aplaudían, aullaban y vitoreaban.

La maestra de Stink, la señora Dempster, se levantó.

—A todos los alumnos presentes: sus maestros y sus padres estamos orgullosos de ustedes. Han trabajado mucho. Pero nadie está más orgulloso de ustedes que la señorita Tuxedo, la directora de la Primaria Virginia Dare.

Un murmullo recorrió la multitud.

—¿Dónde está?

—¿Dónde está la directora?

—La señorita Tuxedo no pudo venir esta noche —continuó la señora Dempster.

—¡Aaay! —exclamaron todos.

La señora D. se acercó a la E. C. A.

—Así que me pidió que hiciera los honores en su nombre y abriera la Enorme Caja Anaranjada.

—¡E. C. A.! —gritó la multitud—. ¡E. C. A.! ¡E. C. A.! ¡E. C. A.! ¡E. C. A.!

La señora D. levantó un par de tijeras. El silencio descendió sobre la multitud.

¡Snip! La señora D. cortó el lazo.

La señora D. sonrió. ¡Voilà!

La señora D. abrió una tapa, luego la otra. La multitud contuvo el aliento.

De la caja surgió una mata, como de paja, de cabello a medias negro y a medias blanco.

¡Cabello de zombi! Y la mata de cabello estaba encaramada encima de una... ¡persona! La persona comenzó a cantar:

—*Cruella de Zombi, Cruella de zombi. Si ella no te horroriza, nada lo hará.*

Cruella de Zombi vestía un abrigo moteado blanco y negro, y unas botas rojo sangre. Con un movimiento del brazo, se echó una boa de plumas por encima del hombro. Un collar gigante de glóbulos oculares resplandecía bajo el foco de luz. A su lado estaba un perro de verdad, un dálmata, con un brazo ensangrentado falso en la boca.

—¡Directora Tuxedo! —gritaron todos. La directora zombi levantó un glóbulo ocular de su collar hasta su ojo.

—¡Para leer nezezito ver!

La multitud enloqueció.

—Chicos y chicas —exclamó la directora zombi—. Esta noche alcanzamos nuestra meta de un millón de minutos de lectura.

—Eso es un zillón en lengua zombi —dijo Stink.

—Aquí tengo una carta firmada nada más y nada menos que por la Primera Dama de los Estados Unidos. Quiere felicitarlos a todos por su millón de minutos de lectura. La carta dice: "La lectura da vigor a los corazones y las mentes, y ustedes son una inspiración para los niños de todas partes".

¡Más aplausos!

—Gente de toda la ciudad que ha venido a la librería se comprometió a donar libros a nuestra biblioteca escolar si alcanzábamos nuestra meta. ¡Gracias a cada uno de los lectores, la biblioteca de la Escuela Virginia Dare recibirá mil libros nuevecitos recién salidos del horno! ¡Hurra!

—¿Serán libros de zombis?

—Eso es como la librería entera.

—¡Yo todavía estoy leyendo! —dijo un bombero zombi en un rincón.

—Una última cosa —dijo la directora, dando un golpecito al micrófono, y carraspeó—. Declaro oficialmente... —levantó un dedo— ¡que la lectura está NO muerta!

MARCHAS ZOMBI

MARCHAS DANDO TUMBOS, TAMBALEÁNDOSE,
DANDO TRASPIÉS Y REPTANDO

LA PRIMERA MARCHA ZOMBI SE CELEBRÓ
EN SACRAMENTO, CALIFORNIA, EN 2001.

¿BAILAMOS?
ÉCHALE UN OJO AL BAILE DE GRADUACIÓN ZOMBI,
QUE SE CELEBRA CADA SEPTIEMBRE EN FILADELFIA.

EL PRIMER RÉCORD MUNDIAL ZOMBI SE
ESTABLECIÓ EL 29 DE OCTUBRE DE 2006 EN
PITTSBURGH, PENSILVANIA. ¡LA MARCHA
DE LOS MUERTOS ATRAJO A 894 ZOMBIS!

4026 ZOMBIS ASISTIERON
AL FESTIVAL BIG CHILL
EN LEDBURY, INGLATERRA,
EL 6 DE AGOSTO DE 2009.

DURANTE LA MARCHA ZOMBI
DE BRISBANE, CELEBRADA EL 24
DE OCTUBRE DE 2010, MÁS DE DIEZ
MIL ZOMBIS MARCHARON PARA
RECAUDAR DINERO PARA LA FUNDACIÓN
NEUROLÓGICA DE AUSTRALIA.

—¿Quién está listo para la Marcha Zombi a la Medianoche? —preguntó la encargada de la librería.

—¡Nosotros!

—¿Quién se va a apoderar sin miedo alguno de la Calle Principal?

—¡Los zombis!

—No los oigo.

—¡Los zombis!

—¡Más fuerte!

—¡LOS ZOMBIS! —gritaron todos, a todo pulmón.

Los zombis se formaron ante la puerta.

—¡Cruella de Zombi irá al frente!
—dijo la directora Tuxedo—. ¡Síganme si se atreven!

Hordas de zombis salieron a la acera. La calle estaba cerrada al tránsito y el oficial Kopp estaba disfrazado de policía zombi.

Stink y sus amigos gimieron y gruñeron. Charlie dijo:

—¡Sesos! ¡Queremos sesos!

Stink arrastraba un pie. Sophie ponía los ojos en blanco y sacaba la lengua. Webster babeaba.

—¿Los zombis son demasiado *zeniales* para babear? —preguntó.

—Nunca se es demasiado *zenial* para babear —dijo Sophie.

Riley Rottenberger, Reina del Baile Zombi, caminaba junto a ellos. Llevaba un collar de murciélago, guantes largos y una corona que parecía telaraña. Su cintillo decía SEÑORITA ZOMBI.

—Genial corona —dijo Sophie.

—Gracias. Es una tiara de araña —dijo Riley.

Un adolescente en patineta pasó a su lado.

—Mira hacia el frente —dijo Stink—. No hagas contacto visual con humanos vivos.

—Sigan, siniestros chicos —dijo el patinador. Stink soltó una carcajada.

Mamá y papá caminaban detrás de Stink y sus amigos.

—¡Oigan! ¡Es la Señora zombi de la Cafetería! —exclamó alguien. Mamá saludó.

Las calles estaban repletas de zombis.

—Debe haber más de cien zombis aquí —dijo mamá.

—Más bien diez centenares —dijo Stink—. ¡Ziez mil!

—¿Sabían que las Marchas Zombis son todo un éxito? —dijo papá—. Y no solo cuando se estrenan libros. En todo el país se hacen marchas como esta. De Pittsburgh a Seattle.

—Existe un récord mundial por la cantidad de zombis —dijo Stink—. Nuestra ciudad debería tratar de romper el récord de la mayor Marcha Zombi a la Medianoche.

—Voy a buscar a Rocky y Frank —dijo Judy.

—¿Cuánto durará esta Marcha Zombi? —preguntó papá—. Creo que empiezo a sentir el *rigor mortis*.

—Y yo sé de unos zombis a los que ya se les pasó la hora de dormir —dijo mamá.

—No podemos irnos a casa —dijo Stink—. Todavía no llegamos a la parte escalofriante —señaló calle abajo—. ¿Ven? Las siguientes tres cuadras parecen embrujadas.

—Está bien, diez minutos más. Pero en cuanto lleguemos a la casa, directo a dormir —dijo mamá—. Habló la Señora Zombi de la Cafetería.

—Ustedes sigan, chicos —dijo papá—. Quédate con el grupo, Stink. Mamá y yo esperaremos frente a la librería.

—¿Mamá? ¿Puedes cargar a Charlie?

—Claro —dijo mamá—. No queremos que haga su propia caminata a la medianoche. Podría terminar en el escaparate de los abrigos. O incluso romper uno de mis platos elegantes. Y si eso sucede, puedes despedirte de tu mesada por un buen rato, Charlie —le dijo a Stink con una voz rara.

Stink puso los ojos como platos.

—Luego hablamos —dijo mamá—. Ve a divertirte.

Un par de zombis de cabello azul, con uniforme escolar, pasaron renqueando por la calle principal, ante las vidrieras oscuras de las tiendas cerradas. Sombras tenebrosas se entrecruzaban por encima de la calle como telarañas gigantes. De los árboles colgaban zombis fantasmas. Un búho ululó. A Stink se le erizaron los vellos de los brazos.

Caminaron un poco más. Los gruñidos y gemidos de los zombis llenaban el aire. Pedazos de cuerpos yacían en las aceras desperdigados por doquier. Una mano salió de repente de una alcantarilla.

—¡Aagh! —gritaron, y se apartaron de un salto.

Hordas de zombis pasaron arrastrando los pies frente al Mercado Speedy, frente a la tienda de mascotas Pelo y Colmillos, frente a Gino's Pizza.

147

Los gruñidos pidiendo "sesos" resonaban en la noche cuando pasaron frente a Mimi la Gritona, donde una voz gritó desde el interior de la tienda. Y no gritaba por helado.

—Esto me da escalofríos —dijo Stink. Cruzaron la esquina, siguiendo a un grupo de universitarios que marchaban guiados nada más y nada menos que por un Abraham Lincoln zombi.

De repente, un tipo disfrazado de cartero zombi, con barba de sangre, salió detrás de un buzón. Sonriendo con sus dientes podridos, levantó una cabeza. ¡Una cabeza muerta!

Sophie se aferró al brazo de Stink. Stink se aferró a la manga de Webster. Se agacharon y pasaron a gatas frente a la dulcería y la tienda de juguetes. Casi habían vuelto a la librería cuando una cubeta de sangre y entrañas cayó frente a ellos desde la azotea de la ferretería y salpicó toda la acera.

—¡Corran! —gritó Stink.

Los tres amigos corrieron gritando por la acera y doblaron la esquina. Iban a tal velocidad que a Webster se le cayó el zapato de la cabeza, Sophie dejó caer a Zombalina y los sesos de Stink salieron volando.

Corrieron gritando hasta llegar a la librería. A la luz. Al lugar donde mamá, papá y Judy los esperaban.

—¿Qué pasa? —preguntó papá.

—¿Están bien? —dijo mamá.

—¿Por qué estaban gritando tan fuerte? —preguntó Judy.

Stink se llevó la mano al costado. Se dobló.

— Partes de cuerpos. Sangre —dijo entre jadeos.

—Estábamos gritando porque... —comenzó Sophie.

—¡Porque fue la MEJOR Marcha Zombi a la Medianoche DE TODOS LOS TIEMPOS! —dijo Stink.

—¡Sangre y entrañas y partes de cuerpos! —dijo Webster—. Nos cayó una *lluvia de sesos*.

—¡Vomiticio! —dijo Sophie.

Stink tenía la mano en el corazón, que latía con fuerza.

—¡Creo que rompimos el récord mundial! ¡Por la primera CARRERA Zombi a la Medianoche!